AF498440

DANIEL RAMOS RAMELLA

Columbario

El gato descalzo

Columbario
de ©Daniel Ramos Ramella.

©De esta edición,
El gato descalzo de Germán Atoche Intili.

Primera edición: marzo de 2018,
500 ejemplares.

El gato descalzo de Germán Atoche Intili.
Av. Las Casuarinas 309, Dpto. 301, Lima 33.
El gato descalzo
cosasquemepasan@gmail.com
998459598

Diagramación de carátula:
XXX.

Ilustración de portada:
XXX.

ISBN: ***-***-*****-*-*.

Hecho el Depósito Legal en la
Biblioteca Nacional del Perú
N° 2018-*****.

Impreso en Lima, Perú.

Índice general

*

Sombras

Los cuatro estábamos disfrazados de payaso, ahora que lo recuerdo, había otro niño más. Nunca se sacó la máscara, movía la cabeza de forma extraña y no pidió golosinas. Al llegar a un parque obscuro lo perdimos de vista. Seguimos y mientras caminábamos, conté nuestras sombras… ahora sólo éramos tres.

*

Despedida

–Hasta mañana, señor García –dijo la enfermera a su paciente.

Al salir de la habitación, ella caminaba mirando las losetas obscuras del pasillo del hospital, pensando que en unos minutos más, lo trasladarían a la morgue.

Doscientos grados

Las llamas habían hecho su trabajo: paredes colapsadas, muebles desechos y los propietarios carbonizados en su habitación. Aquel hombre de rojo extinguía el fuego, pero con sus lágrimas.

*

Alias "Blanca Nieves"

Una mujer encorvada y vestida de negro le entregó una manzana, donde se reflejaba su maléfico rostro. La hermosa joven devoró el fruto, la otra mujer no le quitaba la mirada de encima.

Su muerte llegó a la semana, cuando la anciana dejó de llevarle manzanas a la celda 235.

*

El guardián

Acepté la apuesta. Como testigos: la prensa y autoridades. Debía permanecer durante una semana en la antigua biblioteca. Comentaban la existencia de un ser terrorífico: el guardián. Se había aparecido a cinco bibliotecarios, quienes terminaron con problemas psiquiátricos e incluso, uno de ellos, se quitó la vida.

No pude dormir. Todo ese tiempo estuve bajo un escritorio, con una ruma de libros y una vela.

Al salir, mi cansancio era evidente, me rodearon familiares y amigos. Declaré a los medios no haber visto, ni escuchado, al temido ente. Sin embargo, confirmé la existencia de otros seres: reinas, reyes, dragones, soldados, piratas, sirenas, ballenas, cíclopes, ninfas, y magos.

*

Plaga cultural

Abrí el libro de autoayuda por la mitad, estaba plagado de pequeños bichos de color castaño, agrupados en dos bandos: los de la página par y la impar. Se movilizaban con vehemencia, devorando palabras, letras, comas, tildes y puntos.

*

Fama

Me conformaría con un par de lectores atentos. Lástima que mis padres ya no viven.

*

*

Casi

Un destello me cegó. Fui rodeado por gente vestida de negro: mis padres, tíos y sobrinos. Se abrazaron, gritaron y lloraron. Intenté levantarme, no pude. Me impulsé con mayor fuerza, golpeando mi cabeza contra el vidrio del ataúd. Obscuridad de nuevo.

*

A tiempo

Al entrar en el metro descubrió que el tiempo era suyo. Se acercaba a las personas y les quitaba el reloj. Todos llegaban tarde al trabajo, menos él. La puntualidad era uno de los valores que más lo caracterizaba.

*

*

Diagnóstico acentuado

Por la mañana fue intervenido de una apendicitis aguda. Luego de los puntos, estuvo grave.

*

El ventrílocuo

El muñeco empezó a sudar y a toser por cansancio, luego que el ventrílocuo dio por finalizado el show.

*

Cofradía

Una noche en el cementerio, todos salieron de sus tumbas. Hicieron un gran círculo y unieron sus manos cadavéricas; una encima de otra, sellando así una amistad eterna.

–¡Vivan los muertos! –vociferó uno de ellos.

–¡Vivan! –gritaron confundidos los demás.

*

Orfanato

–Mamá, tápame que tengo frío…

Susurraba una niña a medianoche mientras una sombra se ocultaba bajo su cama.

*

Cuerpos y balas

Muchos años después, frente al pelotón de fusilamiento, las almas y armas recogían sus pertenencias. Unas hechas de carne y hueso, las otras de pólvora y acero.

*

Salto al vacío

El enano del circo saltó de gran altura sobre un barril lleno de agua. Entre nervios y angustias, dejó caer su cuerpecillo al vacío. El mismo que luego fue arrojado, desde lo alto del faro de su pueblo, pero en cenizas.

*

*

Identikit

Había permanecido dos meses encadenado. Además, fue golpeado, quemado y le cortaron la lengua para que no pudiera dar a conocer el paradero de sus captores.

Tras cobrar la recompensa y dejarlo en libertad, identificaron, en pocos minutos, a toda la banda de secuestradores del más grande retratista de la ciudad.

*

Pequeño susto

Permaneció sentada en su cama, el corazón le golpeaba fuertemente el pecho. Se fue tranquilizando al no ver nada en su habitación, poco a poco, fue cerrando los ojos, arrullada por el canto de unos pequeños hombrecitos que se iban acercando a su cuello.

Supercaída

Caía desde el piso veinte. Voló su sombrero, su camisa y posteriormente el pantalón. Quedó desnudo, tendido en el pavimento, aunque aún tenía puestas las medias. Miró tras los lentes muy avergonzado. Era Clark, mi compañero del diario. Me dijo al oído que había olvidado colocarse su traje. Nunca entendí lo que quiso decirme.

*

Pálida

Desde la mirada inicial noté tu timidez, pero aún me gustas y me enloqueces. Ahora que estás más cerca, te daría un beso, pero me asusta verte así: pálida y bajo el agua.

*

Timidez

Caminaban ocultándose entre el gentío, cada uno por su lado y esquivando las miradas. Hasta que se animaron a verse y sonrieron.

Volvieron a mirarse. Dieron media vuelta y corrieron en distintas direcciones con la cabeza inclinada hacia el suelo. Estas dos medias naranjas nunca más se encontraron.

*

Amores que matan

Ella silbó a la distancia. Venía hacia mí. Dejó una estela ardiente de elegancia. No la esperaba. Llegó para incrustarse en mi corazón. Según el médico forense: calibre 38.

*

Tecnofobia

¿Con que haplicacion corrigo los herrores hortograficos?

Secuestro al paso

¡Corramos rápido, los secuestradores de letras están muy cerca!
¡No h y tiemp qu perd r!

*

Bloqueo creativo

(…)

*

Visión de poeta

Era medianoche y Nicanor, con ayuda de la luz de una vela, corregía un poema para el concurso del pueblo. Sintió las pequeñas manos que cubrieron sus ojos y la voz de su hija menor que le preguntaba:

–¿Quién soy?

A partir de esa noche nunca más volvió a verla, pues esas pequeñas manos extrajeron sus ojos.

Pensamiento Bolaño

La librería estaba ubicada en el centro de la ciudad. Cinco pisos llenos de libros. Elegiría esta vez a J. D. Salinger, Raymond Carver, Ernest Hemingway, Franz Kafka y a Gustave Flaubert. En seguida me acordé del gran Roberto Bolaño. Ya en la calle, y fuera de peligro, los fui retirando de mi pantalón y abrigo, uno por uno.

*

Lectura

Cada sábado me sucede lo mismo. Abro un libro y no quiero dejarlo. Me esperan mis amigos allá afuera para conversar o jugar. Pero Gregorio Samsa realmente necesita de mí.

Prolífico

El prolífico poeta regaba con cuidado las margaritas de su escritorio, hasta en sus inmaculados pétalos escribía versos.

*

Olivetti

Cu ndo corregí el m nuscrito, me perc té del desperfecto.

Sin tiempo

Nosuelepasarmuyseguido,perohoynosólosemequedaronpegadasl
assábanas…

*

Poeta maldito

Abusaron de su esposa e hijas. Los antidepresivos terminaron destruyéndolo. Buscó venganza, habló con hechiceros de magia negra y sicarios, optó por la literatura.

*

Columbario

A medianoche, una de las urnas ubicadas en el centro del columbario se ladeaba haciendo vibrar a las demás, esta cayó y se rompió; esparciendo por el suelo frío, las cenizas donde reposaba, hasta ese instante, el ave Fénix.

*

Bebe lobo

Al notar que su madre yacía varios días en el suelo de su habitación sin moverse, salió gateando, hambriento, por la puerta trasera de la casa.

Desde una pequeña loma del bosque, el bebé y los cachorros amamantan, mientras los aullidos de la loba rompían el silencio de la noche.

*

Cambio de estado

El agua es vida. Cada gota de lluvia se mezcla en las alturas con los fríos manantiales. Su frescura atraviesa montañas, se desliza por sus faldas y se encausa a gran velocidad para limpiar su camino de maleza y rocas. A lo lejos, el ruido alerta a la población que desorientada no logra huir de la fuerza de la naturaleza.

Algunos lloramos y nuestras lágrimas se unen al torrente turbio que sigue su curso devastador hasta llegar al mar, mientras más nubes negras vuelven a ocupar el cielo de las montañas para nuevamente llorar.

*

Déjà vu encriptado

El freno y el limpiaparabrisas dejaron de funcionar y la lluvia me imposibilitó ver lo que tenía al frente. Un golpe seco me hizo saltar de la cama. Hubo un largo silencio. Temblaba, pero estaba a salvo. Me preparé un café, era lunes. Me vestí y cargué el maletín. Encendí el auto varias veces, pero se apagaba. Me recosté en el asiento rendido y cerré los ojos. Me rodeaban doctores y bomberos que gritaban mi nombre. Golpeaban mi pecho, y alumbraban mis ojos con una luz amarilla, sujeté el brazo de uno de ellos. Era mi esposa, la había despertado de su profundo sueño. Se acercó y me besó. Ya pasó, me dijo al oído.

Estaba asustado, pero ya más tranquilo, retiré las sábanas y no pude ver parte de mi cuerpo. Desperté y caí de las muletas.

*

Cardumen de rayas

————————————————————————
————————————————————————
————————————————————————
————————————————————————

*

Mentira piadosa

Muchas personas no creían lo que le pasaba a Pinocho. Un grupo de doctores e investigadores lo rodearon y le preguntaron si su nariz crecía al mentir. Él, en voz alta, negó rotundamente y afirmó simultáneamente con la cabeza. Luego, al quedarse solo, se le dibujó una sonrisa por el engaño.

*

Es la hora

Eran las 11 de la noche, soplé la vela y un hilo de humo fue desapareciendo en la obscuridad. Mi cuerpo se enfrió. El segundero quedó en silenció. Desde mi cama sentí la puerta abrirse, muy despacio, mientras sujetaba la sábana, esperando el macabro momento.

Al amanecer, mucho más aliviado, la vela estaba encendida y la manecilla del reloj funcionaba, pero avanzaba en sentido contrario, siendo nuevamente las 11... soplé la vela y el frío llegó.

*

Cleptómano

A pesar de haber terminado su condena por hurto agravado, aquel veterano trabajaba de día como seguridad en una joyería y por las noches se vestía de Santa Claus. Dejaba un regalo por cada objeto que se llevaba.

*

Sombra

Alguien me seguía hasta que llegué al acantilado. Me paré al borde y miré. Estaba a mi lado.

Saltamos a la vez.

Al día siguiente sólo encontraron un cuerpo.

*

Felizmente casados

Habíamos estudiado la misma carrera. Teníamos dos hijas preciosas, viajamos juntos a Europa. Es el amor de mi vida, un gran momento para sellar nuestra unión.

Teníamos al frente a mi familia, su familia y a nuestras hijas.

Puede besar a la novia, dijo el padre. Todos me miraron.

Se me llenaron los ojos de lágrimas. Mi única reacción fue besar el ataúd.

*

Pudor

Cargado de pasión, cerró la puerta del dormitorio y se desnudó esperando en la cama a Ernestina, su actual novia. Ambos eran invidentes. De una manera muy sensual, ella se retiró la ropa, una vez que apagó la luz de la habitación.

*

Volver

No te perdí, sólo dediqué tiempo a encontrarte nuevamente.

*

Caminante

Caminaba por una gran avenida. Los autos pasaban muy cerca suyo. Algunos conductores se detenían para insultarlo, pero él seguía su rumbo, mirando la pista, sin importarle nada.

Un auto frenó muy tarde y atravesó su cuerpo, después otro y otro. Hubo un breve silencio y luego gritos. Él siguió de pie, caminando al mismo ritmo.

Los muertos también merecen vivir en paz.

*

Dolor y placer

Extendió su pierna izquierda sobre la mesa metálica mientras encendía, por segunda vez, la sierra eléctrica.

*

Tierra árida

Quisieron sembrar buenos principios y valores en ellos, pero ante los evidentes cambios climáticos y económicos, sólo pudieron cosechar corrupción y avaricia.

*

Ausencia

Ese día mis papás se olvidaron de despertarme temprano. Me paré frente al espejo mientras mi abuela me colocaba la camisa dentro del pantalón. Me dio la bendición dos veces y colgó una imagen de la Virgen María en el pecho. Cogió mis hombros, bajó la mirada y suspiró. Fui solito al colegio. Por la tarde, salí a jugar al parque. En mi casa no había espacio, estaba llena de personas vestidas de negro y muchas flores.

*

El amigo de Papá

Nadie iba por esta parte tan obscura y silenciosa. Igual me divierte caminar por el bosque. Me hubiese gustado estar ahora con Papá y jugar a las escondidas, pero no pudo recogerme. A su amigo parece no gustarle los juegos. Me dio a oler un trapo y me dice cosas al oído que no logro entender.

*

Al otro lado

A pesar de estar solo, me atreví a mirar al espejo. Mi habitación se encontraba iluminada por el resplandor de la luna. Observé mi rostro, estaba demacrado. Apoyé la frente en el espejo y cerré los ojos. Uno, dos, tres, conté para mí. Los abrí. Estaba del otro lado. Mi cabeza descansaba en un cristal. A pesar de ver los ojos cerrados, de aquel cuerpo que había dejado de ser el mío, sus párpados se movían, su respiración aumentaba y empañaba el cristal hasta formarse gotas que se deslizaban de manera uniforme. Las manos y hombros se sacudían involuntariamente haciendo erizar mi piel. Di un pequeño giro para darle la espalda al cuerpo, y nuevamente me vi reflejado en el espejo. Abrí los ojos y mi rostro tenía un mejor semblante, como si hubiese descansado por varias horas. Sonreí y estiré mis brazos de alivio y felicidad, pero el reflejo no obedeció mis movimientos.

*

La adivina

Subí por una vieja escalera de madera y toqué tres veces. Quién es, dijo la adivina con una voz de ultratumba. Ante esa pregunta, me di cuenta que todo sería una farsa.

*

Amor eterno

La hechicera me observó de pies a cabeza, antes de darme el brebaje para encontrar el amor de mi vida. Hoy cumplimos cuatro años de casados, pero aún sigo encadenado, bebiendo nauseabundos brebajes.

*

Únicos

¿Me has sido infiel?, preguntó Eva mirando a su amado.

Negó de inmediato Adán, mientras el eco de su palabra recorría el solitario planeta.

Inocencia

Por ese pequeño orificio de la pared, veo todas las noches al vecino en su habitación. Lee revistas que extrae de una caja, camina en círculo fumando cigarrillos, habla con el espejo y pelea con su esposa. Una vez lo vi con Mamá, pero a los pocos minutos me dormí.

*

Esa mujer

Un músico y su violín. Una dama y una copa de vino. Melodías y alcohol. La mezcla perfecta, pensé. Extendí mi mano a la mujer, ella sonrió. Saqué mi arma y disparé. Al entierro no asistí, pero mi marido sí estuvo presente. Llevó dos ramos de flores. Uno para ella y otro para el hijo que llevaba dentro.

*

Involución

Cansada de volar, colgó sus alas e introdujo su cuerpo rugoso en el capullo.

*

Reencarnación

Una mano acariciaba mi cuerpo. Sentí su respiración muy cerca. Despierta, dijo, vuelve. Entonces entendí que sería mi segunda vida. Salí aterrado, moviendo la cola.

*

Felinos existenciales

–¿Qué hay después de la muerte?

–Una vida distinta.

–¿Y luego?

–Una más.

Al cabo de un minuto o dos dijo:

–¿Y después?

–Otra, hasta llegar a siete.

*

Corrector fatal

Qué pastilla puedo tomar para la alegría, preguntó a su hermana mayor por el chat en el celular. Toma cualquier cosa que encuentres, no deberías preocuparte, respondió.

Al día siguiente le realizaron la autopsia, había fallecido por sobredosis y alergia crónica.

El niño

El disparo se oyó dentro del centro comercial. El ladrón había escapado con el botín. Varias personas se lanzaron al suelo cubriéndose la cabeza. Aquel niño quedó tendido con un agujero en el pecho. Sus padres lo abrazaron mientras él despertaba. Del bolsillo izquierdo de su camisa extrajo un soldadito de plomo destrozado. Echó a llorar.

*

Exhumación

Nos despertó la ternura. Cuerpos desnudos, frentes unidas, manos entrelazadas, miradas fijas y cientos de gusanos que salían de una boca con dirección a otra, llevando trocitos de corazón.

*

*

La ventana

Quedé petrificado cuando se detuvo a mirarme. Llevaba puesto un vestido rasgado de novia y cargaba una muñeca. El cabello le cubría el rostro, vociferaba y maldecía, golpeando el vidrio manchado de saliva.

Hoy tocó mi hombro y me hizo la señal de la cruz. Esta noche regreso a la ventana maldita… por ti.

*

Canibalismo

El amor por su único hijo fue incrementándose. Tanto que al cumplir un mes de nacido, tomó la mejor decisión para protegerlo, ingresándolo de a poco en su vientre.

*

Muerte

Vísceras regadas en el mostrador. Hígado, sesos y retazos de costillas expedían olores nauseabundos. Moscas sobrevolaban cada pieza. Un corazón partido vilmente por la mitad y un cuchillo teñido de sangre en el piso como muestra de un acto humillante. Varios peatones tapaban sus narices con lo que tenían a mano.

Un primo del carnicero había fallecido. Al enterarse, salió del puesto del mercado hace ya varios días, sin tiempo de guardar la mercadería en el refrigerador.

*

Catacumbas

Estaba sola y perdida. Me apoyé en una pared y giré, apareciendo en un salón donde los rayos de luz cruzaban el obscuro recinto. Había varios huesos, cráneos y un viejo baúl. Forcé la cerradura y el brillo del metal me cegó. Introduje mis manos, abarrotándolas de monedas, el sonido del metal, me hizo saltar…

–Señorita, su pasaje por favor.

Miré a mi alrededor desconcertada. Reí. Le entregué una moneda al cobrador y me la devolvió.

–No sea graciosa, señorita, es falsa.

La miré y tenía un brillo especial.

*

Libro

Trescientas mil letras equivalentes a sesenta mil palabras, agrupadas en doscientas treinta páginas y resumidas en un libro que acabo de cerrar. Tal vez, estuve dentro de otra cabeza, viviendo experiencias distintas, o quizás, tuve una segunda vida.

*

Reprobar por no ser

¿Ser o no ser?

Ser o no ser, ser o no ser, ser o no ser, ser o no ser.

Cero no ser, cero no ser, cero no ser, cero no ser.

Cero no sé, cero no sé, cero no sé, cero no sé.

Cero, no sé.

*

Olvido

Mañana, 28, por fin te veré, dijo Carmen. Pero acuérdate, ya estamos 30, dije mirando el almanaque.

*

El heredero

Un infarto violento terminó con la vida del patriarca. El hijo mayor quedó encargado de la repartición de la fortuna. Cargó el revolver con cinco balas, coincidentemente, el mismo número de hermanos que tenía.

*

El "Mil caras"

Desde la clandestinidad, y bajo una luz muy tenue, se afeitaba el bigote, para luego pintarse los labios. Los mil espejos de la habitación eran testigos de los cambios físicos del temible delincuente.

*

El sobrino

Espero verla esta noche por el agujero de la cortina. Dudo que se dé cuenta, pues al enjabonarse, cierra los ojos y tararea melodías. Ella no se esconde cuando yo me baño, al contrario, se acerca en silencio y me da besos mientras ayuda a enjabonarme.

*

Yin Yang

Mi principal virtud es la mentira y mi peor defecto la verdad.

*

Lucio

Era un pueblo olvidado, no figuraba en el mapa, ni contaba con alumbrado eléctrico. Una noche con ayuda de una partera del pueblo vecino, Lucía, una radiante mujer, dio a luz a un brillante varón, y todo cambió repentinamente.

Ritmo de la noche

Realizó un giro casi perfecto, luego saltamos, y volteó mirándome fijamente a los ojos. Me sonrió. No entendí por qué lo hacía. Tocó mi muslo y luego la cintura. En algún momento pensé en un baile, pero luego lo oí conversando por teléfono con mi padre, pidiendo miles de dólares por mi rescate.

*

Fracaso

Quiso conquistar el mundo, sin darse cuenta que ya estaba bajo sus pies.

*

Autopsia

No es mala idea realizarnos estos exámenes cada cierto tiempo, comentaban muy convencidos, un grupo de zombies en la sala de espera del hospital.

*

Hecho leña[1]

Sentado al borde de la hoguera, Pinocho calentaba su cuerpo mutilado, debido a las bajas temperaturas del invierno.

1. Texto con el que el autor obtuvo el tercer lugar en el Segundo Concurso de Microrrelatos *Historias Mínimas* 2017, organizado por el diario El Comercio y la Fundación BBVA-Banco Continental.

*

Nacimiento no esperado

Su desgarrado llanto se oyó a las 12 de la noche por las calles solitarias de la ciudad. Se quejaba no sólo por hambre y frío, también por el olor. Pero antes del amanecer, cuando los camiones limpiaron la ciudad, el llanto cesó.

*

Máquina

Remato máquina para predecir el futuro. Sé que la comprará.

*

Momento ideal

Lo tenían todo planeado. Cada uno por su lado. Un revólver en mano y un cuchillo bajo las sábanas. Ella estaba agitada, pero él pensaba que dormía. Dudaron, sin embargo, él no retiró el cañón del rostro y ella tampoco soltó el puñal. ¿Apretar el gatillo o empuñar? Se decidieron, al fin…

La policía encontró a la pareja de esposos en cama, abrazados y ensangrentados.

*

Libre

Luego de reunirse con miles de ciudadanos oprimidos, el último pensador liberal, fue empujado desde lo alto del campanario. Fiel a sus ideales, flameaba la bandera del partido en son de libertad, mientras sus seguidores aplaudían también, desde abajo, la caída libre.

*

Esperando el tren

###

*

Columbario
de Daniel Ramos Ramella,
se terminó de imprimir en el taller de

(),
por encargo de EL GATO DESCALZO,
en marzo de 2018,
mes en que se celebra el 280 aniversario de
José Gabriel Condorcanqui (Túpac Amaru II),
cacique, inca y caudillo hispanoperuano,
líder de la rebelión indígena de 1780.